Capucine et Lupin
pour toujours

À Pol
Mireille Levert

Catalogage avant publication de
Bibliothèque et Archives nationales du Québec
et Bibliothèque et Archives Canada
Levert, Mireille
Capucine et Lupin, pour toujours
Pour enfants.

ISBN 978-2-89512-673-7 (rel.)
ISBN 978-2-89512-682-9 (br.)

I. Titre.
PS8573.E956C36 2008 jC843'.54 C2008-940247-2
PS9573.E956C36 2008
R618G76 2008

Directrice de collection : Lucie Papineau
Direction artistique et graphisme :
Primeau & Barey
Dépôt légal : 3e trimestre 2008
Bibliothèque nationale du Québec
Bibliothèque nationale du Canada

Dominique et compagnie
300, rue Arran, Saint-Lambert (Québec)
Canada J4R 1K5
Téléphone : 514 875-0327
Télécopieur : 450 672-5448
Courriel :
dominiqueetcie@editionsheritage.com

www.dominiqueetcompagnie.com

Imprimé en Chine

Nous remercions le Conseil des Arts du Canada
de l'aide accordée à notre programme de publication.

Nous reconnaissons l'aide financière du gouvernement du
Canada par l'entremise du Programme d'aide au développement
de l'industrie de l'édition (PADIÉ) pour nos activités d'édition.

Nous reconnaissons l'aide financière du gouvernement
du Québec par l'entremise du Programme de crédit d'impôt
pour l'édition de livres – SODEC – et du Programme d'aide
aux entreprises du livre et de l'édition spécialisée.

Texte et illustrations :
Mireille Levert

Capucine et Lupin
pour toujours

Dominique et compagnie

Voici Capucine,
la fée arrosoir, et son cher Lupin,
petit fabricant de miel de chien.

Chaque matin, Capucine sirote une tasse
de thé au miel de chien en regardant
le jour se lever. Puis elle et son chien vont
se balader de fleur en fleur.

La fée arrosoir penche gracieusement
la tête et, de son chapeau, elle laisse tomber
des perles de rosée. Lupin, lui, aspire le nectar des
fleurs et le range précieusement dans sa sacoche.

Il faut beaucoup de nectar pour fabriquer
le merveilleux miel de chien.

Capucine et Lupin adorent voleter ensemble
au-dessus du champ fleuri. Parfois pris
d'un grand coup de sommeil, ils s'étendent et
roupillent dans l'herbe. Le bruit de leurs
ronflements ressemble au chant du grillon.

Les soirs de pleine lune,
Capucine et Lupin hurlent comme des loups…
juste pour le plaisir.

Au bout de mille et encore mille jours de bonheur,
Capucine remarque que Lupin traîne un peu.
Il s'arrête même parfois, oubliant à quoi il joue.

Un soir, après un concours de bâillements,
Capucine et Lupin s'endorment sur un lit de mousse.

Le lendemain, pas de frétillement de la queue,
et aucune petite langue chatouilleuse ne vient réveiller
Capucine. Lupin ne bouge plus, ses yeux restent
fermés et son nez est tout froid. Les chiens vivent moins
longtemps que les fées arrosoirs, c'est bien connu.

Capucine est très, très triste. Elle prend Lupin
dans ses bras, le caresse et le pose tendrement dans
une boîte, où elle met aussi un gros pot de miel
de chien, au cas où. Elle referme la boîte. Puis elle
creuse un trou dans la terre en chantant à Lupin
ses chansons préférées. Elle comble le trou et, dans
le sol fraîchement retourné, elle plante un bulbe
de tulipe et installe un écriteau disant
« Lupin, maître fabricant de miel de chien ».

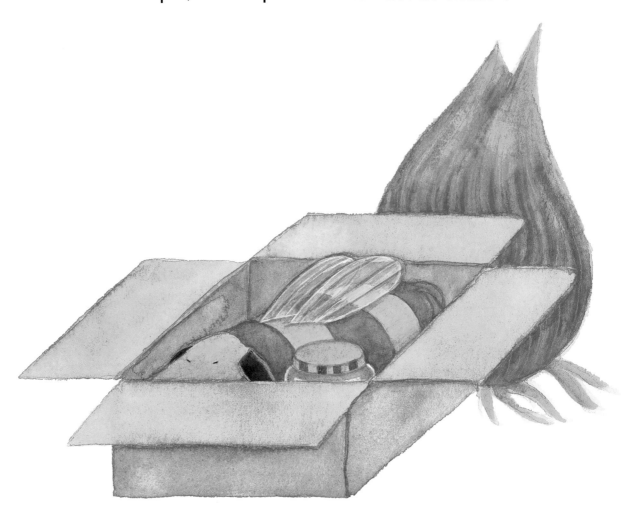

Lupin
maître fabricant
de miel de chien

Les jours suivants, Capucine ne cesse
de soupirer. Elle oublie souvent
d'attacher ses souliers, et parfois même
de manger. Lupin lui manque
tellement… Son arrosoir se met à couler
n'importe quand, alors son joli nez
est toujours un peu mouillé.

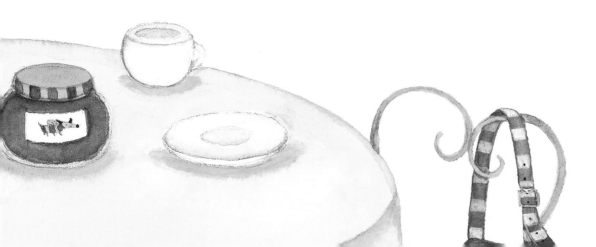

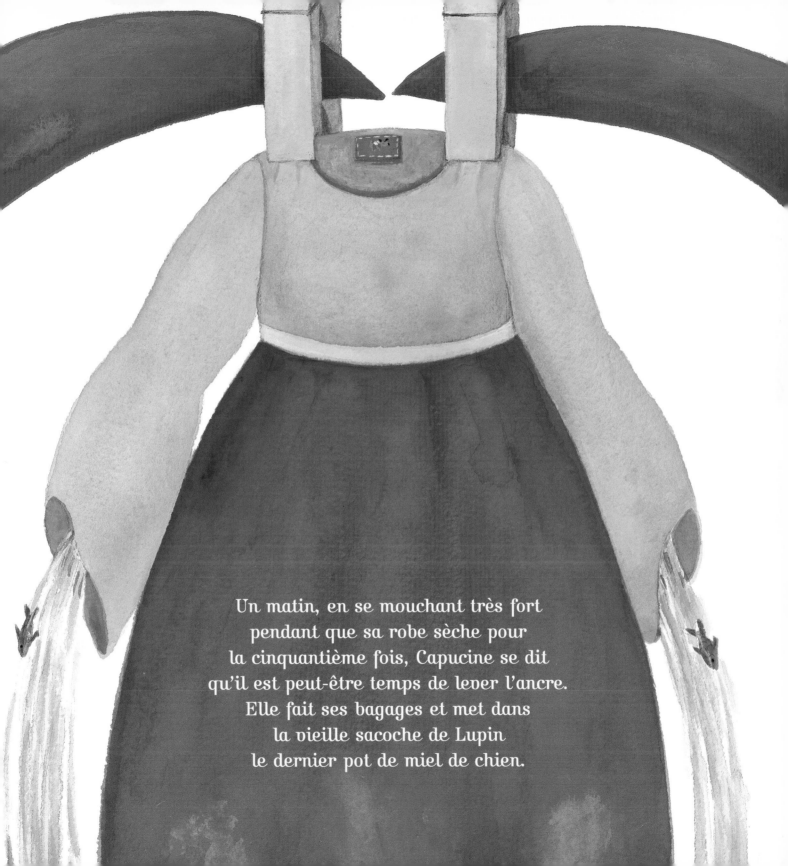

Un matin, en se mouchant très fort
pendant que sa robe sèche pour
la cinquantième fois, Capucine se dit
qu'il est peut-être temps de lever l'ancre.
Elle fait ses bagages et met dans
la vieille sacoche de Lupin
le dernier pot de miel de chien.

Sur la rivière, Capucine dépose une grosse feuille.
Puis elle saute sur ce petit bateau et vogue en
contournant les rochers. De gros arbres tout recourbés
caressent l'onde scintillante du bout de leurs branches.

À la tombée du jour, Capucine campe sur
la berge et rêve de son cher Lupin.
Ils volent ensemble, blottis sur le dos d'un oiseau.

Le lendemain, à l'aube, Capucine avale
goulûment une bonne grosse cuillerée de miel
de chien, puis elle se remet en route.

Soudain, un bateau gigantesque frôle la fée.
Sa petite feuille est emportée et surfe sur une
très haute vague. Capucine se met à rire
et pense à Lupin. Il aurait adoré ça! Au bout
de sa course, elle s'échoue sur une île.
Épuisée, elle s'endort aussitôt.

À son réveil, quelle surprise !
L'île est en fait une énorme tortue de mer.

La bête, tout en nageant, se tourne vers
Capucine et hoche la tête. Capucine aime se
faire bercer par la douceur de ses
mouvements. La tortue nage vers la terre
ferme et se love paresseusement sur une plage
de sable fin. Puis elle ferme les yeux.

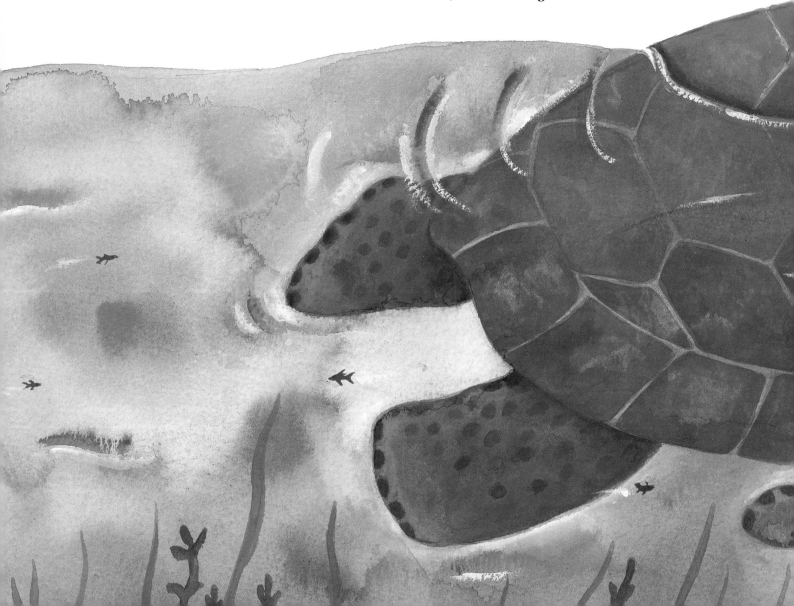

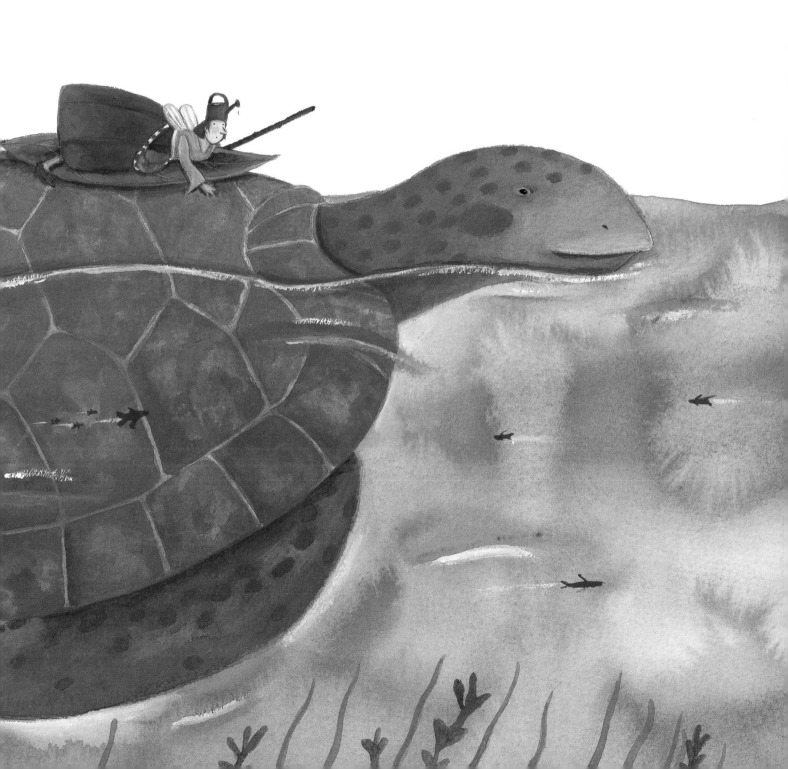

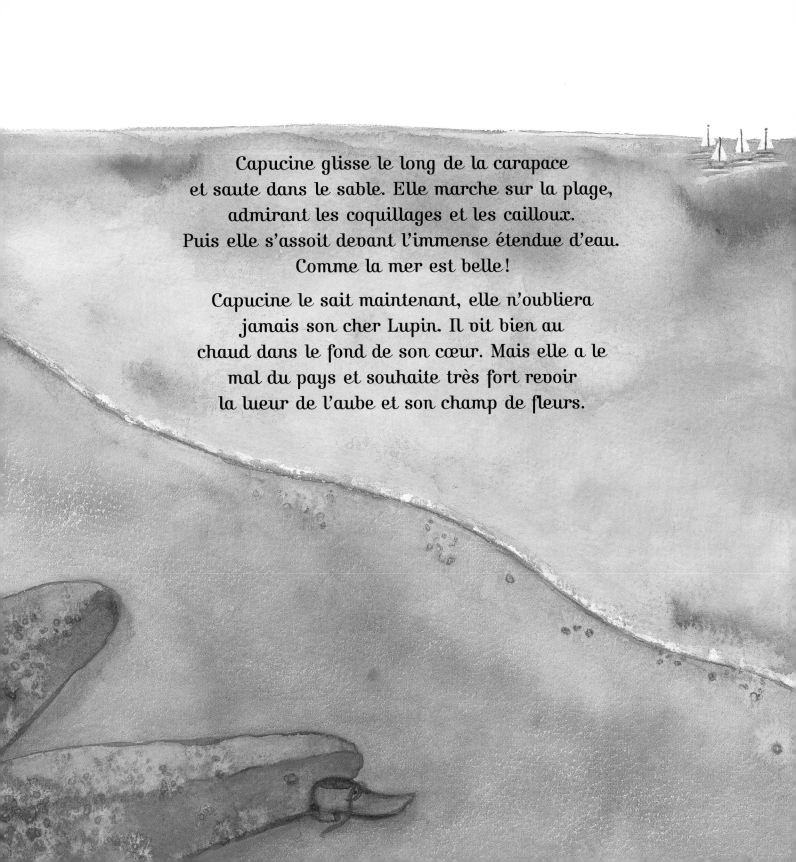

Capucine glisse le long de la carapace
et saute dans le sable. Elle marche sur la plage,
admirant les coquillages et les cailloux.
Puis elle s'assoit devant l'immense étendue d'eau.
Comme la mer est belle!

Capucine le sait maintenant, elle n'oubliera
jamais son cher Lupin. Il vit bien au
chaud dans le fond de son cœur. Mais elle a le
mal du pays et souhaite très fort revoir
la lueur de l'aube et son champ de fleurs.

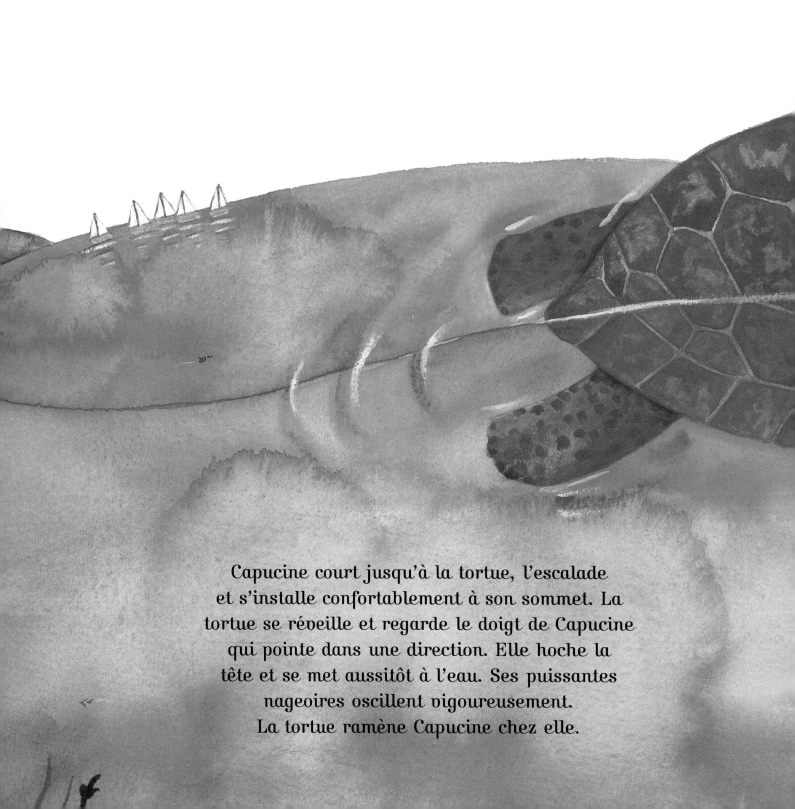

Capucine court jusqu'à la tortue, l'escalade
et s'installe confortablement à son sommet. La
tortue se réveille et regarde le doigt de Capucine
qui pointe dans une direction. Elle hoche la
tête et se met aussitôt à l'eau. Ses puissantes
nageoires oscillent vigoureusement.
La tortue ramène Capucine chez elle.

Au loin, dans la couverture ondoyante,
Capucine voit une fleur jaune.
Elle s'approche et se penche sur la fleur.
La corolle s'ouvre.

Tout au fond se trouve le plus
mignon bébé chien abeille. Il lève la tête
et se met à remuer la queue. Capucine
prend le petit dans ses bras et, tout de suite,
celui-ci l'embrasse en frottant son
museau sur son nez. Elle lui dit:
– Tu t'appelleras Lupino.

Lupino gigote dans la sacoche du cher
vieux Lupin. Alors Capucine, patiemment,
lui apprend les gestes qui feront de
lui un vrai fabricant de miel de chien.